Estrela Cultural
FAZENDO HISTÓRIA

GRANDE CIRCO FAVELA

OTÁVIO JÚNIOR

ROBERTA NUNES

NAQUELA MANHÃ NÃO FAZIA SOL.

O TEMPO ESTAVA SUPERESTRANHO E
PARECIA QUE IA DESABAR UM GRANDE
OCEANO DO CÉU.

JU, UMA MENINA SUPERAGITADA,
ACORDOU CEDO.

QUERIA APROVEITAR BEM O SÁBADO.
NO ROTEIRO, MUITAS BRINCADEIRAS:
AMARELINHA, QUEIMADA, PIQUE ESCONDE,
BOLA DE GUDE, PIÃO E PIPA.

ISSO MESMO: A MENINA GOSTAVA DE BRINCAR DE BOLA DE GUDE, PIÃO E PIPA! ERA BOA NO ASSUNTO E GANHAVA DE TODOS!

MORAVA NA FAVELA DO MEIO, ENTRE A FAVELA DE BAIXO E A FAVELA DE CIMA.

A VISTA DA FAVELA DO MEIO É ESPETACULAR: DE LÁ SE VÊ O MAR, MONTANHAS E OS GRANDES PRÉDIOS DA CIDADE.

JU SAIU CEDINHO PARA IR À PADARIA, POIS HAVIA SONHADO A NOITE INTEIRA COM UM "SONHO" DE DOCE DE LEITE.

COM SUA VELHA BICICLETA VERDE-CAPIM, DE ARO 15, DESCEU MORRO ABAIXO. NA LADEIRA DO LADO, ESQUINA COM A LADEIRA DA FRENTE, A MENINA PERDEU O CONTROLE DA BICICLETA.

TUDO POR CAUSA DE UMA IMAGEM QUE PARECIA SER UM SONHO, MAS NÃO O SONHO DE DOCE DE LEITE...

UM PALHAÇO COM UMA VELHA MALA ESTAVA NA ESQUINA DA LADEIRA DO LADO COM A LADEIRA DA FRENTE.

FOI AO ENCONTRO DAQUELE HOMEM COLORIDO, QUERIA SABER O QUE ELE FAZIA ALI NA FAVELA DO MEIO.

O PALHAÇO ESTAVA COM UMA APARÊNCIA BEM TRISTE.

— SOU O PALHAÇO MINGAU, O POETA LELÉ.

— MAS PARECE QUE O POETA LELÉ ESTÁ TRISTE...

JU CONVIDOU MINGAU PARA IR ATÉ
A PADARIA E DIVIDIU SEU SONHO COM ELE.

MINGAU CONTOU A JU QUE ESTAVA
PERDIDO NA FAVELA PORQUE
O CIRCO ONDE TRABALHAVA
FALIU E DESDE ENTÃO ELE FICOU
PERAMBULANDO SEM RUMO PELA CIDADE.

A MENINA NUNCA TINHA VISTO UM PALHAÇO
TÃO DE PERTO E ESTAVA ENCANTADA.
TAMBÉM NUNCA HAVIA PISADO EM UM CIRCO.

Lindt

EMOCIONADA, CONVIDOU MINGAU PARA VER A CIDADE LÁ DO ALTO DA FAVELA.

MINGAU FICOU FASCINADO COM AQUELA VISTA. A MENINA ESTAVA CURIOSA PARA SABER MAIS SOBRE A VIDA DE PALHAÇO.

COM A VOZ TRISTE, ELE DISSE QUE VIVIA PARA O CIRCO E QUE SUA VIDA ERA O PICADEIRO.

O PALHAÇO COMEÇOU A CHORAR LÁGRIMAS DE BOLINHAS DE SABÃO E, DE REPENTE, ABRIU UMA VELHA MALA E TIROU UM LENÇO ENORME.

A MENINA NÃO PARAVA DE RIR COM A CENA.

O PALHAÇO ESBOÇOU UM SORRISO.

APENAS ESBOÇOU.

JU, ENTÃO, TEVE UMA IDEIA:

— POR QUE NÃO FAZER...

... UM ESPETÁCULO DO PALHAÇO MINGAU NA FAVELA
DO MEIO — PENSOU.

ANIMADA, CONTOU A IDEIA PARA MINGAU.

DESANIMADO, ELE ACHOU DIFÍCIL A IDEIA
DE MONTAR UM CIRCO NA FAVELA.

ELA O ENCORAJOU, DISSE QUE QUASE NINGUÉM
NA FAVELA HAVIA PISADO EM UM CIRCO.

MINGAU ACEITOU O DESAFIO E DEU UMA ENORME LISTA
DO QUE ERA NECESSÁRIO PARA MONTAR UM MINICIRCO
NA FAVELA: LONA,
CADEIRAS, PIPOQUEIRO, BALEIRO, BILHETEIRO...

O PALHAÇO FICARIA RESPONSÁVEL PELO
ESPETÁCULO E, DENTRO DE SUA VELHA MALA,
GUARDAVA SEGREDOS PARA FAZER O POVO SORRIR...

A MENINA TRATOU DE ESCONDER O PALHAÇO NO
VESTIÁRIO DA FAVELA, POIS QUERIA FAZER SURPRESA.

CONVIDOU SEU PAI, QUE ERA VENDEDOR DE PEIXE E FICARIA RESPONSÁVEL PELA MONTAGEM DE UMA GRANDE LONA JUNTO A OUTROS FEIRANTES.

SUA TIA, VENDEDORA DE DOCES, SERIA A BALEIRA DO CIRCO.

SR. MANECO, O VELHO PIPOQUEIRO, PREPARARIA A DELICIOSA PIPOCA COLORIDA.

SUA MÃE, DONA MARIA, VENDERIA O SACOLÉ CASEIRO.

A NOTÍCIA DO CIRCO SE ESPALHOU PELOS BECOS E VIELAS DAS FAVELAS DO MEIO, DE CIMA E DE BAIXO.
O POVO QUERIA SABER DO TAL CIRCO QUE ESTAVA SENDO MONTADO NO CAMPINHO DA FAVELA DO MEIO.
AU AU AU
O ESPETÁCULO FOI MARCADO PARA DOMINGO, ÀS 11 HORAS DA MANHÃ.

JU PREPAROU OS CARTAZES E COLOU NA PADARIA, NO AÇOUGUE, NO CABELEIREIRO, NA ESCOLA E NA ASSOCIAÇÃO DE MORADORES.
A CURIOSIDADE DO POVO DA FAVELA SÓ AUMENTAVA. A RÁDIO COMUNITÁRIA CONVIDAVA OS MORADORES:
“NESTE DOMINGO TERÁ CIRCO NA FAVELA. TRAGA SUA FAMÍLIA PARA ASSISTIR A UM ESPETÁCULO SURPREENDENTE!!!”.

MENINAS E MENINOS DA FAVELA AJUDAVAM O PAI DE JU A MONTAR A GRANDE LONA EM TROCA DE INGRESSOS. NA NOITE DE SÁBADO, O CAMPINHO DA FAVELA DO MEIO GANHARA UM AR DE UNIVERSO CIRCENSE.

A ESCOLINHA DA COMUNIDADE EMPRESTOU AS CADEIRAS, E COM TUDO ISSO FINALIZARAM A MONTAGEM DO CIRCO

E DE UMA JANELINHA
NA PORTA DO VESTIÁRIO,
MINGAU VIU A BELEZA DE SEU CIRCO.
O PALHAÇO DEIXOU UMA LÁGRIMA CAIR.

NAQUELA NOITE,
O CÉU ESTAVA ESTRELADO.
A CHUVA NÃO CAIU!

COMO DE COSTUME, JU ACORDOU BEM CEDO...
QUERIA MUITO APROVEITAR O DOMINGO.

NÃO QUIS SABER DE TOMAR CAFÉ, FOI DIRETO
PARA O CAMPINHO.

QUANDO CHEGOU, TEVE UMA GRANDE SURPRESA...

PIPAS ENFEITAVAM A ENTRADA DO CIRCO.

O POVO FAZIA FILA NA ENTRADA DO CIRCO PARA VER O ESPETÁCULO.

O CORAÇÃO DA MENINA DISPAROU COM A CENA

O CHEIRO DA PIPOCA FLUTUAVA NO AR.
NO TABULEIRO, BALAS, BOMBONS E AMENDOINS ERAM COBIÇADOS E DISPUTADOS.

JU ABRIU AS PORTAS
DO GRANDE CIRCO FAVELA.

TINHA GENTE DA FAVELA DO MEIO,
DE CIMA E DE BAIXO.

VEIO ATÉ GENTE DE OUTRAS
FAVELAS PARA VER O GRANDE CIRCO.

SR. MANECO VENDEU PIPOCA
COMO NUNCA!

AS LONAS DOS FEIRANTES
COLORIRAM O CAMPINHO.

TINHA TANTA BALA PERDIDA
NO MEIO DO CAMINHO!!!
BALAS DE MORANGO, LARANJA, UVA...

MINGAU ESTAVA MAIS COLORIDO DO QUE UM ARCO-ÍRIS E DA SUA VELHA MALA SAÍA DE TUDO!

ELE ERA MALABARISTA, POIS FAZIA PERIPÉCIAS COM BOLINHAS DE GUDE;
MÁGICO, PORQUE TRANSFORMAVA PIPAS EM POMBINHAS BRANCAS;
E ILUSIONISTA, POIS FAZIA O PIÃO LEVITAR.

MINGAU FEZ O POVO DA FAVELA SORRIR...

NA PRIMEIRA FILEIRA, JU SE LEMBROU DO MOMENTO QUE CONHECEU O PALHAÇO E DIVIDIU COM ELE UM SONHO...

" O PALHAÇO O QUE É?"

O POETA LELÉ!

NAQUELA MANHÃ FEZ SOL E
CHOVEU LÁGRIMAS DE ALEGRIA
NO GRANDE CIRCO FAVELA.

OTÁVIO JUNIOR

Sou carioca do subúrbio e iniciei oficialmente minhas pesquisas relacionadas à promoção da leitura em 2007. Criei o projeto "Ler é 10 - Leia Favela" para permitir que crianças de comunidades carentes tenham acesso ao livro e à leitura. Atualmente estudo práticas educativas, aprendizagem criativa, *games* e narrativas audiovisuais. Escrevo contos, roteiros de histórias em quadrinhos e poemas infantojuvenis. Sonho em criar um parque de diversões educativo e uma biblioteca futurista.

ROBERTA NUNES

Sou carioca, *designer* gráfica, ilustradora e atualmente terminando a especialização em literatura infantojuvenil na Universidade Federal Fluminense (UFF)

Gosto de ler e fazer as histórias ganharem forma, como em *Que cabelo é esse, Bela?*, de Simone Mota, e no quadrinho *Água do feijão*, que participou da coletânea sobre os cinquenta anos da Cidade de Deus e ganhou o concurso realizado pela Festa Literária das Periferias (FLUP) em parceria com o consulado da França. Estive no maior festival de quadrinhos do mundo!

Na Lapa, famoso bairro do Rio de Janeiro, conheci Otávio Júnior. Em uma conversa, ele me falou sobre a menina Ju, o palhaço Mingau, o velho Benjamin de Oliveira e o famoso sonho da Favela do Meio. Dessa conversa, nasceu este livro.

GRUPO ESTRELA
Presidente: Carlos Tilkian
Diretor de marketing: Aires Fernandes
Diretor de operações: José Gomes

EDITORA ESTRELA CULTURAL
Publisher: Beto Junqueyra
Editorial: Célia Hirsch
Assistente editorial: Ana Luíza Bassanetto
Ilustrações e projeto gráfico: Roberta Nunes
Revisão de texto: Luiz Gustavo Micheletti Bazana

Dados Internacionais de Catalogação na Publicação (CIP)
(Câmara Brasileira do Livro, SP, Brasil)

Júnior, Otávio
Grande circo favela / Otávio Júnior ; ilustrações Roberta Nunes. -- Itapira, SP : Estrela Cultural, 2019.

ISBN 978-85-45559-60-3

1. Ficção - Literatura infantojuvenil 2. Literatura infantojuvenil 3. Livros ilustrados I. Nunes, Roberta. II. Título.

19-26361 CDD-028.5

Índices para catálogo sistemático:

1. Ficção : Literatura infantil 028.5
2. Ficção : Literatura infantojuvenil 028.5

Iolanda Rodrigues Biode - Bibliotecária - CRB-8/10014

1ª edição – Itapira, SP – 2019 – IMPRESSO NO BRASIL

Cultural

Rua Roupen Tilkian, 375
Bairro Barão Ataliba Nogueira
13986-000 – Itapira – SP
CNPJ: 29.341.467/0001-87
estrelacultural.com.br
estrelacultural@estrela.com.br

CENTRO ESTRELA DE ATENDIMENTO AO CONSUMIDOR
www.estrela.com.br